ÉPITRE

AUX JÉSUITES.

1843.

Par J.-F. B******

Monstres, encor souillés du sang de l'innocence,
Qui donc vous a permis de reparaître en France ?
Quand de nos Parlemens les immortelles lois
Vous en ont expulsés, meurtriers de nos Rois !
Venez-vous en ces lieux renouveler vos crimes ?
Faut-il à vos faux-dieux de royales victimes ???

✝✝✝

Prix : 50 centimes.

PARIS.

CHEZ TOUS LES MARCHANDS DE NOUVEAUTÉS,

A L'IMPRIMERIE DE LACOUR ET MAISTRASSE,
Rue Saint-Hyacinthe-Saint-Michel, 33.

1843.

ÉPITRE AUX JÉSUITES.

1843.

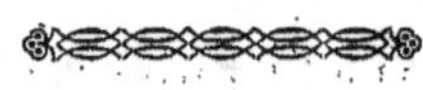

Compagnons de Jésus, enfans de Loyola[1],
Émules de Lainez et de Bobadilla[2],
Au plus lâche tyran[3] qu'ait enfanté le monde,
Tous, vous avez juré servilité profonde.....
Et, quoi qu'il vous ordonne en ses PIEUX décrets,
De vos poignards bénis vous scellez ses arrêts.....
Pour un chef inconnu[4] vous commettez le crime;
Il la nomme, et soudain vous frappez la victime...
A l'instar des bourreaux qu'on vit sous Wenceslas[5],
Dans une main le Christ; dans l'autre un coutelas;
On vous a vus frapper jusqu'aux degrés des trônes!...[6]
Paralyser les lois, balancer les couronnes...
Que n'étiez-vous formés sous Néron, sous Sylla;
Sous le cruel Cambyse ou sous Caligula?...
Vous eussiez triomphé dans la cour de Tibère!
De votre général il eût fait son sicaire,
Et des froids scélérats de vos sociétés
Les saints exécuteurs de ses atrocités.

(1) Voir les Notices Historiques, page 13.

Qui mieux que votre secte a conquis l'avantage
D'entrer dans les détails du plus petit ménage?
Qui mieux que vous encor réunit les moyens
D'apprendre le secret de tous les citoyens [7] ?
Et qui mieux qu'un Jésuite, au regard louche et sombre,
Sait choisir sa victime et la frapper dans l'ombre?...

De la rive infernale imitant les corbeaux,
Des morts on vous a vus disputer les lambeaux !
Oui, de l'espèce humaine, audacieux vampires,
Quand votre ORDRE cruel maîtrisait les empires,
Méprisant en vos cœurs et la terre et les cieux,
Ministres de Satan, tyrans de nos aïeux,
On vit à Port-Royal, votre horde en démence [8],
Du séjour des tombeaux violant le silence,
Dévaster les cercueils... sans crainte... sans remords,
Disperser sous ses pieds jusqu'aux cendres des morts.

L'INFAILLIBILITÉ, du haut du Capitole [9],
Cent fois a foudroyé votre funeste école !
Sans obéir jamais, vos chefs audacieux,
Suivant par cent détours leur but ambitieux,
Ont, par mille forfaits, attiré des Saints-Pères
Sur vos coupables fronts les trop justes colères...

Lorsque vous avez mis l'indulgence à l'encan,
Benoît [10] vous condamna du sacré Vatican;
Mais, déversant sur lui l'infamie et l'outrage,
Vous avez menacé ce sacré personnage!
Vous avez fait trembler le Prêtre-Souverain... ...
Et votre ambition ne trouvant plus de frein,
Arbora sans pudeur son drapeau fanatique,
En fixant en tous lieux ce vouloir despotique [11],

En subjugant les lois, les papes, les prélats,
Enchaînant le pouvoir des plus grands potentats !
Et, semant la terreur plutôt que la croyance,
A l'aide des cachots fondant votre puissance,
On connut votre règne à ses hideux exploits !...
Le poison et le glaive en cimentaient les droits !
Rois et Pape insoumis à vos SAINTES milices
Ont rencontré la mort au fond de vos calices[12]..,

Qui pourrait, en ce jour, envoyés des enfers [13],
Nombrer les malheureux expirés dans vos fers ?...
De vos muets cachots, hypocritez cohortes,
Jamais un accusé ne vit deux fois les portes !...
Quand la victime entrait dans ce séjour d'horreur,
Elle était à l'autel du sacrificateur !

Ennemis des humains, votre infernal génie
Trois fois a dépeuplé la riche Occitanie !...
Sur ces bords enchantés qu'arrose le Gardon,
De l'affreuse discorde allumant le brandon,
Vous avez embrâsé la paisible Provence ;
Vous avez teint de sang les eaux de la Durance ;
Vous avez dans Alby brûlé les protestans,
Sur le sein maternel immolé les enfans !.....
De La Rochelle en feu les milliers de victimes
Attestent de votre Ordre un des énormes crimes...
C'est là que Richelieu, ce pacha-cardinal,
Teignit de sang français son burnous infernal.
C'est là que vos suppôts guidant un roi sans âme,
Infiltraient en son cœur l'infanticide infâme !

Oserez-vous encore après de tels forfaits,
De votre humanité nous prôner les effets ?

Souillant par vos clameurs nom du Dieu-Prophète,
Croyez-vous des Français faire incliner la tête ?
Infecter en secret chaque habitation
D'un affidé profès de l'Inquisition ?
Et dominant sur tous par la force ou l'intrigue,
Nous livrer aux horreurs de cette atroce Ligue,
Dont les saints égorgeurs, ministres des autels,
Plongeaient leurs fers sacrés dans le sein des mortels ?
   De votre ordre cruel, l'infâme protecteur,
Tellier [14], des protestans zélé persécuteur,
Voulant au Dieu de paix donner des prosélytes,
Ordonna leur massacre..... A sa voix, les Jésuites,
Fougueux prédicateurs, par d'horribles sermons,
Vont exciter contre eux la fureur des dragons :
Ivres de sang humain, affamés de carnage,
Ces tigres déchaînés, dans leur aveugle rage,
Vont, foulant à leurs pieds les morts et les mourans,
Porter sous l'humble toit des brandons dévorans...
Pieux dévastateurs, leurs bandes inhumaines
Égorgeaient sans pitié les pasteurs des Cévennes !
. . . .
. . . .

   Mais tirons le rideau sur les scènes sanglantes
Qu'enfanta le rappel du sage *Edit de Nantes*.
Je crois qu'il est un Dieu Maître de l'Univers,
Récompensant le juste, écrasant le pervers..
Vous, qui de sang humain avez rougi la terre,
Du Rémunérateur redoutez la colère...
   Apôtres des enfers, vous nous faites horreur !
Vous êtes à nos yeux prêtres de la Terreur...

Tels ces cœurs égarés, ces hommes sanguinaires,
Surgissant des discords révolutionnaires,
Immolaient sans pitié leurs frères malheureux,
Pour sauver la patrie en des jours douloureux.
A la voix d'un tribun, l'affreux Billaut-Varenne,
Ils ont rougi de sang les ondes de la Seine !
Quoiqu'on ait baptisé cet horrible attentat :
» *Un crime nécessaire au SALUT de l'État !* »
Ils n'en seront pas moins aux yeux de l'homme sage,
De lâches assassins, exécrés d'âge en âge...
Qu'ils aient commis le meurtre au nom de l'Unité
Ou pour un holocauste à la Divinité !...
   Non ! le Nazaréen, le Dieu des Prolétaires,
N'a jamais de son Nom recouvert vos sectaires ;
Ce nom, cher aux mortels, gravé sur vos drapeaux,
Fut souillé dans le sang de vos *saints* échafauds !...
Et vous ne craignez point qu'un jour le Dieu fait homme,
De vos nombreux forfaits totalisant la somme,
Sur votre ordre assassin n'arrête ses regards ?
Qu'à l'aspect de ces corps percés par vos poignards,
De son souffle divin n'anime vos victimes ?...
Et qu'à sa noble voix, sortant de leurs abîmes,
Ces membres palpitans, ces corps ensanglantés,
Ne glacent de remords vos cœurs épouvantés ?...
   Espérez-vous encore, en criant : Anathème !...
Rétablir parmi nous votre inhumain système ?
L'Europe vous abhorre, et de son noble sein
Thémis saura chasser tout votre ordre assassin.
Monstres, encor souillés du sang de l'innocence,
Qui donc vous permettrait de reparaître en France ?

Quand de nos parlemens les immortelles lois
Vous en ont expulsés , meurtriers de nos rois !
Venez-vous en ces lieux renouveler vos crimes ?
Faut-il à vos faux dieux de royales victimes?...
 Que nous demandez-vous , perfides imposteurs ,
Escrocs, banqueroutiers, lâches inquisiteurs [15] ?
Venez-vous nous doter de la guerre civile ?
Détruire au nom de Dieu la paix de chaque ville ?
Introduire en nos cœurs votre perversité ,
Et, dominant enfin notre Université,
Arracher nos enfans aux foyers domestiques ,
Pour en faire à nos yeux d'ignobles fanatiques ?
Imbus de votre esprit, dangereux professeurs ,
Demain, on les verrait reniant frère et sœurs,
Briser ces liens chers au bonheur des familles
Pour marcher abrités sous vos doctes mantilles.
 Nous possédons assez d'intrigans corrupteurs,
Sans que vos affidés fussent leurs précepteurs.....
Que deviendrait un jour l'espoir de la patrie,
Si d'un contact impur la jeunesse flétrie
Avait pour directeurs ces nouveaux Ribera [16] ;
Ces Dubois [17], ces Mena [18], Girard [19], et cætera,
Reste impur des lépreux qu'à Sodôme et Gomhorre
Le Ciel pulvérisa pour crimes qu'il abhorre.
 Serpens cachés sous l'herbe , où sont les potentats
Qui vous ayant ouvert le sein de leurs États
N'en aient été payés par votre ingratitude?
Votre Ordre , à dominer contractant l'habitude,
Sut atteindre en secret tout fantôme de roi
Qui voulut contre vous faire parler la loi.

Des rivages du Tibre aux steppes moscovites
Les lois ont renversé vos écoles maudites;
Sous le riche climat des bords de l'Uraguay,
A la Chine, au Japon, au fond du Paraguay,
Le glaive de la loi dans les deux péninsules ,
A justement frappé vos plus *dignes* émules.

   D'un Roi crédule et bon , conseillers dangereux,
Foulant aux pieds les droits d'un peuple généreux ,
De ce Roi-chevalier, mis par vous en tutelle,
Vous nous fîtes un prince à l'honneur infidèle ,
Qui vint, en déchirant nos constitutions ,
Soumettre nos destins aux révolutions...

   Mais l'aiguille fixée à l'horloge gothique
N'eût point décrit le tour de son cadran antique,
Que, du pavé brûlant de Lutèce en délire
Sortaient les vieux héros du glorieux Empire.....
Les braves de Wagram, de Smolensk et d'Eylau,
Les solennels débris de l'île de Lobau !
Paris dans sa douleur, voit ses Fils intrépides,
Des plaines de Lutzen, des vieilles Pyramides,
Ses Vainqueurs du Thabor, d'Arcole et d'Iéna,
Et ses preux échappés à la Bérésina !
Tous..... ils sont accourus au cri de la Patrie!...
Ils ont encore sauvé cette mère chérie,
Pour qui leur sang coula sous vingt climats divers
En renversant les Rois qui nous montraient des fers !...

   Trois jours sont écoulés...... Ce monarque parjure
Par l'affront de sa fuite a soldé son injure.
Son trône est renversé!... Notre triple étendard
De son royal palais ennoblit le rempart.

D'Orléans apparaît!... Les vainqueurs, sur leurs armes,
Portent Philippe au trône! il vient tarir nos larmes...
Et l'Europe étonnée apprend avec effroi
L'ordonnance fatale... et la chute d'un roi.

Mais pour le sang versé dans ces trois jours de gloire?
Pour les citoyens morts dans ces jours de victoire!
La veuve, l'orphelin de tant de funérailles,
Qui faut-il accuser? casuistes sans entrailles...
Trois jours le sang coula!... Quels meurtres fraternels !
Fûtes-vous satisfaits? ô prêtres criminels !...
Promenez vos regards sur le champ de carnage,
Il est de votre histoire une effroyable page.
Votre tourbe arrogante avait en son orgueil
Compté pour rien ce peuple, et, dans ces jours de deuil,
Il sut montrer encore aux traîtres de la France,
Qu'il sait frapper au cœur tout lâche qui l'offense...

Ah ! si jamais le ciel dans un jour de courroux
Conseillait à nos rois de s'appuyer sur vous :
Mettons-leur sous les yeux le sort des dynasties
Qui prétendraient régner du fond des Sacristies.
. . . .
. . . .

Quoi ! deux lustres entiers sont écoulés à peine,
Et j'entends de nouveau s'exhaler votre haine?
Vous réapparaissez, sujets ultramontains [20],
Pour troubler le pays, enchaîner ses destins...
Vous croyez nous capter par escobarderie,
Et prendre nos enfans en camaraderie?
Mais qui donc, en ces lieux témoins de vos forfaits,
Pourrait vous protéger auprès de nos préfets?

Quel serait le Français, s'il n'eût vendu son âme
A ces fils de Satan, à votre secte infâme,
Qui voulût confier à votre enseignement
Les enfans qu'il désire élever saintement?
   Laissez aux séculiers enseigner la jeunesse;
Vous, prêtres, cultivez le champ de la Sagesse!
Allez d'un Dieu de paix relever les autels;
Ne mêlez point le Ciel aux actes des mortels;
Que chez vous la Vertu remplace la Vengeance;
Par de la Charité domptez l'Intolérance.
Priez pour ces ingrats, sectateurs de Plutus;
Prêtres, n'imitez plus le farouche Anitus.
   Compagnons de Jésus (tel que l'entend Voltaire,
Non de Jésus naissant, mais du Christ au Calvaire)[21];
« Malheur, malheur à ceux, a dit l'Esprit d'en haut,
Qui, mettant la lumière au-dessous du boisseau,
Masquent leurs actions par des voiles funèbres;
Malheur, malheur à vous, noirs esprits des ténèbres !
Et, quoique vos regards soient tournés vers le ciel,
Vos âmes sont de boue et vos cœurs sont de fiel. »
Par des miracles faux, de mensongers mystères,
Vous avez avili les plus saints ministères;
Où jadis régnaient l'humble paix et la dévotion,
Vous n'avez mis que trouble et superstition.
Vos *Prêcheurs* forcenés, dans nos *simples* campagnes,
Arrachent les époux du sein de leurs compagnes,
Croassant la discorde; à leurs lugubres voix
S'élèvent sur tous points de gigantesques croix,
Qui semblent insulter à l'Auguste victime
Expirant sur la croix en pardonnant au crime.

On vous a démasqués, élèves d'Escobard [22];
Nos tribunaux sur vous dirigent leur regard,
Et les soins vigilans de notre Cour Royale,
Perçant les chemins creux de votre affreux dédale,
Appelleront sur vous le glaive de la loi,
Prédicateurs impurs, ennemis de la Foi...
Serviteurs des faux-dieux, oracles d'ignorance,
Séïdes du démon et de l'intolérance...
Malgré l'humilité colorant vos discours,
De votre ambition surveillant les détours;
Ces dignes magistrats, ces pairs de la patrie,
Briseront les ressorts de votre jonglerie.

Dieu puissant! créateur des innombrables mondes,
Qui vois du haut des cieux jusques aux mers profondes!
Sauve un peuple chrétien à tes décrets soumis!...
Préserve-le, Seigneur, de pareils ennemis.
Jésus, divin Sauveur! de la céleste voûte,
Arrêtes ces méchants dans leur funeste route,
Ces tigres rugissans, l'effroi du genre humain!...
Saisis, ô Dieu vengeur, en ta divine main,
Tes foudres éclatans, et que sous ton tonnerre
Tombent ces faux chrétiens qui dévastent la terre. ...
Frappe sans hésiter! plus de compassion:
La mort aux Chevaliers de la Destruction!...
Comme eux sois sans pitié!... périsse cette bande
Qui conserve en son cœur cette affreuse légende :

PRIÈRE DES RÉVÉRENDS PÈRES JÉSUITES,
EN FAVEUR DE LEURS TRÈS-SAINTS MARTYRS.

Nous devons gouverner les peuples et les rois [23]!...
Jean-Châtel [24] et Clément [25], saints appuis de nos droits,
Ravaillac [26] et Damiens [27], soutiens de la lumière,
Apparaissez Poltrol, Diaz, Salcède [28], Barrière [29],
Posa, Malagrida, Gonzalès, Skerwouin [30],
Tournemine [31], Gérard [32], Berruyer [33], Hardouin [34]
Oldecorn et Garnet [53], venez lancer la foudre
Sous qui les rois païens devaient tomber en poudre;
Daignez nous seconder!... Pichon et Jouvency [36],
Flambeaux de vérité!... estimable Benzy [37],
Apôtre de vertu, soutien de notre église,
Bien digne d'habiter cette terre promise!...
Et vous nobles savants, Sanchez et Molina [38],
Bauny, L'aiman. Lenguet [39], Baisis [40], Bonacina [41],
Bernard [42] et Salmeron [43], Mourao [44], Lavallette [45],
Lamotte [46] et Couvrigny [47], de nature indiscrète.
Brave Sylveria [48], martyr des Africains
La Roche, imitateur des sultans marocains [49].
Et vous, fameux Guignard [50], qu'on rompit sur la Grève!
De la conversion vous étiez le saint glaive!...
Que n'es-tu parmi nous, vénéré Campian [51]!
Et toi, son digne ami, régicide Brian [52];
Quoique l'exécuteur de l'impie d'Angleterre,
Ait moissonné vos jours d'un coup de cimetère,
Mourant chéris de l'ordre, ô vous, nos demi-dieux,
Vrais soutiens de la foi, vous planez dans les cieux!

Confession du Jésuite mourant.

Maître de l'Univers, grand Dieu plein de justice,
O toi que j'adorai dès mes plus tendres ans,
Viens terminer mes maux en hâtant mon supplice;
Arrache-moi la vie et finis mes tourmens !

Dans le temple sacré j'ai fait le sacrifice;
J'y reçus, jeune encor, tes divins sacremens.
J'en étais digne, hélas! mais au saint édifice,
Un fils de Loyola changea mes sentimens !

Frappe-moi, Tout-Puissant !... oh! ne balance pas;
J'ai mérité, j'attends qu'un horrible trépas
Envoie errer mon âme au fond du sombre empire!

J'ai profané ton nom, j'ai transgressé ta loi,
J'ai vécu sans pudeur, sans charité, sans foi.
Hélas! j'entends ta voix! l'enfer s'ouvre et j'expire!

†††

NOTES HISTORIQUES.

1 Ignace de Loyola, fondateur de l'Ordre, sous la papauté de Paul III.

2 Lainez, second général. Bobadilla compagnon de Loyola, qui fut chargé de régir le Portugal.

3 Est-il, en effet, un plus lâche tyran que cet Aquaviva, qui d'un bout de l'Europe pouvait faire égorger à son gré les rois des quatre parties du monde.

4 Le général est inconnu à tous les profès ; tout disciple doit lui obéir, en quoi que ce soit, et sans droit d'examen.

5 Voir l'histoire des Francs-Juges sous cet Empereur.

6 Les Jésuites firent périr Henri III, Henri IV, et ont attenté à la vie de Louis XV. Ils font assassiner Antoine, roi de Portugal, qui s'opposait à leur envahissement dans les affaires d'État. — Ils détrônent et font assassiner Boritz, grand duc de Moscovie, qui leur refusait l'enseignement de ses sujets. Ils font élire à sa place Demetrius son assassin, qui leur fit bâtir un Palais. — Ils ont fait assassiner en 1584, Guillaume d'Orange.

Par la confession qui leur avait été défendue, les Jésuites rendaient compte au Provincial des secrets du Tribunal de Pénitence. A leur expulsion de Venise, le Conseil des Dix trouva dans leurs Colléges des registres contenant les confessions des principaux personnages de la république.

8 Après s'être emparé du couvent de Port-Royal-des-Champs (hospice de la maternité) l'Ordre en chassa les savants qui l'habitaient. — Les plus fougueux Jésuites y détruisirent jusqu'aux cercueils qui reposaient dans les caveaux, et dispersèrent dans la fange de la rue de la Bourbe les cendres qu'ils renfermaient.

9 Les Jésuites veulent bien que les séculiers regardent et croient le Pape infaillible, comme premier vicaire de N.-S.-J.-C. ; mais le Père Pauquet Jésuite, chef des missions en Chine, trouve très déplacé que le Pape Clément IX se permette de trouver mauvais que les missionnaires se livrent aux pratiques idolâtres, et que les confesseurs fassent des boudoirs du confessionnal. — *Quoi!* dit ce libertin dans un mémoire qu'il adresse au Général, *le Pape veut nous commander ? Quoi! il ose dire qu'il commande ! lui qui ne peut se faire obéir par les Hollandais ni les Anglais, et il veut commander en Chine!... Nous y trouverons bon remède.*

10 Benoît XIV fulmina contre cet essaim de perturbateurs, 150 Brefs, Ordonnances, Bulles et décrets ; il les nomme *engeance d'hommes indociles, arrogans, fourbes, dangereux pour les mœurs et pour la vraie religion.*

Benoît XIV, s'apercevant du mal que produisait dans la Chrétienté cette horde de mauvais sujets, et voyant tous les procès qu'ils suscitaient aux évêques auxquels ils ne voulurent jamais obéir (se fondant sur une bulle de Paul III qui retirait aux ordinaires le droit d'Inspection sur eux), projeta une réforme en masse de cette détestable milice. Mais le général en apprit quelque chose et Benoît renonça à son projet plutôt qu'à *sa vie.*

Paul III lui-même, qui s'en servit comme le vieux de la Montagne se servait de ses fanatiques, se vit obligé de sévir contre eux.

11 Le pouvoir des Jésuites était si grand que tous les rois y étaient soumis : Charles-Quint, Philippe II, ces rois sanguinaires tremblaient devant le Grand-Inquisiteur (Dominicain) et devant leurs directeurs (Jésuites) inquisiteurs secrets. Par une

bulle de Paul III, les Jésuites, sans faire partie des tribunaux du Saint-Office, étaient institués membres actifs *secrets de la Suprême* et de la Sainte-Inquisition. (Voyez Llorente).

12 Innocent XIII fulmina leur Mémorial, et réunit le sacré collége des Cardinaux pour aviser à la destruction de ces *Misérables*. Les Jésuites l'insultèrent par une foule de libelles qu'ils imprimèrent dans toutes les langues et qu'ils répandirent dans tous les pays où leur société avait de ses disciples. Trois semaines après la réunion des cardinaux ce pape vertueux succombait au pied des autels, par l'effet d'une hostie empoisonnée. — Plusieurs autres Papes et une infinité de princes de l'église qui s'opposèrent aux déréglemens de cet ordre., trouvèrent la mort en communiant.

13 Nous avons les preuves, d'après les mémoires authentiques, que l'inquisition a fait périr 5 millions d'individus, — par le feu; — par les épreuves; — dans les cachots ;—aux galères ;—en confisquant leurs biens, 2/3 aux profit des moines de différens ordres et l'autre tiers au Roi.

14 Letellier, confesseur de Louis XIV, fut le promoteur de toutes ces scélératesses, et le Grand Roi, quoi qu'en dise Racine, n'a point compris quelle tache il imprimait à sa mémoire. — 100 mille familles quittèrent la France, abandonnant tout ce qu'elles possédaient. — Plus de trente mille individus hommes, femmes et enfans furent égorgés par les Jésuites et les soldats.

15 Ils escroquent à Venise l'argent de plusieurs banquiers ; à Malte ils font le commerce des grains et parviennent à y mettre la famine ; ils en furent chassés ignominieusement. Le Père Lavallette fit une faillite de plusieurs millions, et ruina des maisons de Marseille, de Lorient et de Brest. — Par une bulle de Paul III, en 1549, ils sont institués inquisiteurs secrets des Rois, des Princes et des grands de tous les pays.

16 Ribera, confesseur de Saint Charles Borromée, est convaincu de crimes infâmes sur les élèves du séminaire de Milan. Indignation de Pie IV envers ce misérable. Les Jésuites sont chassés de l'évêché de Milan. — Défense est faite à tous élèves qui se destinent au Sacerdoce, d'étudier dans les colléges de ces impudiques précepteurs, sous la menace du refus d'ordination.

17 Dubois, Jésuite, professeur de philosophie, à Nevers, en 1730. Il retirait les démons des corps des possédées. — Mais il exorcisait si maladroitement que plusieurs de ses endiablées le furent pendant 9 mois, et l'esprit malin n'abandonnait leurs corps qu'en leur laissant un enfant. Il y eut sur ce fait plusieurs chansons, pièces de vers, etc., et alors l'évêque de Nevers interdit l'Exorciste Dubois.

18 Mena, Jésuite espagnol, du collége de Salamanque, qui passait pour un Saint et qui faisait trembler tous les pêcheurs par la foudre de ses exhortations, était épris d'une secrète passion pour une de ses béates ; il lui fit la proposition de l'épouser ; la pauvre fille y consentit, et ce misérable avec de fausses dispenses de ses supérieurs, et aidé de deux autres Jésuites la mena nuitamment à un autel improvisé, et vécut fort longtemps dans un hermitage où il entretenait secrètement cette victime. — Mais l'Inquisition, avertie de ce scandale, fit arrêter Mena, instruisit son procès et allait le condamner quand le provincial de l'ordre obtint qu'on le lui restituât. Les Jésuites firent croire à sa mort et firent son enterrement. Mais deux ans après, Mena était à Gênes où il se faisait passer pour juif et enseignait comme Rabin la loi de Moïse ; il se maria à une juive et eut deux enfans avec elle.

19 Girard Jésuite à Aix, qui débaucha la demoiselle Lacadière, et dont le procès causa tant de scandale. Après sa condamnation au parlement de Provence, il fut sauvé par la Société qui le fit passer pour mort, et l'envoya à Mons, où il mourut deux ans après, dans la plus grande odeur de sainteté (à ce que dirent les Bons Pères.)

20 Les Disciples n'appartiennent à aucuns pays. — Ils sont sujets de la Société ; ils ne connaissent ni roi, ni pape, leur général est à la fois Dieu, Pape et Roi.

21 Tout chrétien doit savoir que notre divin Sauveur naquit dans une étable, entre un bœuf et un âne, et que les Juifs pour l'humilier le firent mourir entre deux scélérats.

22 Le Père Escobar peut être considéré comme le Grand-Avocat de cet ordre infernal : ses écrits, qui sont nombreux, renferment sur toutes questions le pour et le contre; aussi le mot Escobarderie signifie-t-il chez tous les peuples : fourberie.

23 La Société, d'après Aquaviva son troisième général, devait gouverner l'Univers; les rois n'étant plus rien que par leur bon vouloir; il n'y avait que le pape dont il fallait se rendre maître; aussi commença-t-il par asservir Clément VIII; mais ce souverain pontife, sans s'intimider des menaces d'Aquaviva, et d'après les renseignemens que lui fournit le Cardinal Tolet, prononça l'abolition du généralat. Les Jésuites l'accablèrent d'écrits injurieux et le firent périr ainsi que le cardinal Tolet.

24 Jean Châtel, tentative d'assassinat sur Henri IV, écartelé vif à Paris, le 29 décembre 1595. Les Jésuites sont complices de ce crime — Le Père Cotton, confesseur du Roi, *a seul le droit de visiter le Condamné.*

25 Clément Jacques, jeune moine, assassine Henri III, à Saint-Cloud. le 1er août 1589, le Pape Pie V, le principal tison de la Ligue, ne fut point étranger à ce crime, ainsi que les Jésuites Guéret et d'Aubigny, ligueurs forcenés, conspirateurs permanens contre le pouvoir du Roi et l'autorité des évêques.

Ce même jour les Jésuites de Bordeaux chantèrent un *Te Deum* en réjouissance de cet *heureux* événement; mais la réussite ne fut point complète, car le chef de la conspiration devait en même temps faire saisir *le Bearnais* qui devait être livré au Général des Dominicains et remis par ce dernier à l'Inquisition de Tolède. (Voir les Mémoires de l'époque.)

26 Ravaillac assassine Henri IV le 14 mai 1610, le Père d'Aubigny est fortement soupçonné comme ayant présidé le Conseil des XVI sous la Ligue. — Le livre de l'infâme Mariana qui précha le meurtre de Rois en était en partie cause, et fut brûlé par la main du Bourreau le 8 juin 1610.

27 Damiens, fanatique qui commet une tentative d'assassinat sur le roi Louis XV; d'après ses révélations les Jésuites se trouvent encore impliqués dans ce régicide.

28 Diaz et Salcède exécutés en Portugal pour conspiration.

29 Barrière (Pierre), — qui attente trois fois à la vie d'Henri IV, avait reçu ses instructions du Père Varade, recteur des Jésuites, du Père Commolet, fougueux prédicateur, et d'Aubry, curé de Saint-André-des-Arts. Varade l'avait fait communier et lui avait donné l'absolution, ce qu'il avoua sur l'échafaud.

30 Posa, Malagrida, Gonzalès, Skerwouin, conspirateurs, écrivains impudiques et régicides, condamnés en Espagne et en Portugal.

31 Le Père Tournemine dit dans ses écrits qu'il est très licite de tuer un ennemi de la religion et même un roi,

32 Gérard, exécuté en Angleterre pour la conspiration dite des Poudres.

33 Berruyer. Censuré pour ses ouvrages pernicieux et jugés tels par Benoît XIV.

34 Hardouin et Thesmond, confessent les conjurés et les exhortent au meurtre d'Elisabeth, reine d'Angleterre.

35 Oldecorn et Garnet, exécutés à Londres, complices de la conspiration des Poudres.

36 Pichon et Jouvency, écrivains dangereux, fougueux prédicateurs, dont les livres furent brûlés par la Justice.

37 Benzy, réprouvé par Benoît XIV, pour son livre des attouchemens mammilaires.

38 Ces deux casuistes causèrent par leurs écrits une partie de nos troubles religieux. Le Molinisme fit à lui seul plus de victimes que l'Islamisme.

39 Bauny, L'aiman, Lenguet approuvent la prostitution et l'infanticide, leurs écrits sont brûlés par jugement.

40 Du Baisis, Jésuite de Bretagne. En 1705, avait institué le stigmate et la flagellation chez ses pénitentes. — Ce saint homme fouettait jusqu'au sang le corps des plus jeunes, et posait une plaque de cuivre (brûlante) sur la partie sexuelle des plus âgées en leur disant que c'était le sceau de la virginité.

41 Bonacina dit qu'une fille a le droit de tuer son enfant, si celui-ci peut compromettre sa réputation.

42 Le père Bernard, Jésuite, pour ramener ses belles pénitentes de la ville de Caen à l'état de pure nature, se plaisait à les voir *toutes nues* et se montrait à elles *in puris naturalibus.*

43 Salmeron, qui étaitde la fondation même de la Société, ami et compagnon de saint
Ignace, et l'un des neuf qui se présentèrent avec lui au pape Paul III, en 1540,
dit, qu'un roi, en recevant le baptême et en renonçant à Satan et à ses pompes,
se soumet tacitement à ne jamais abuser de son pouvoir royal contre l'Eglise : il
est reputé consentir à être privé de son royaume, s'il en use autrement. En effet,
ne vouloir pas employer sa puissance pour l'Église et contre les hérétiques, n'est-ce
pas se rendre indigne de l'eucharistie?.

44 Le Père Mourao déclare le Pape en état de péché mortel. C'est ce même Mourao
qui fut cause, par son libertinage, du massacre de 300 ecclésiastiques qui devinrent
victimes des débordemens des Jésuites. — Ils avaient fait croire à leurs pénitentes
que pour être en état de grâces devant le Seigneur, il fallait cohabiter avec son confesseur. Malgré la recommandation du secret, il se trouva éventé, et les principaux
Mandarins se voyant victimés dans leurs épouses, portèrent une plainte au roi,
qui pour en finir avec ces débauchés fit étrangler tous les ecclésiastiques.

45 De Lamotte, procureur des Jésuites en la ville d'Eu, débaucha la femme du sieur
Roger, procureur de cette ville, (elle était sa pénitente). Cette vestale à qui le
révérend père avait écrit de venir le trouver, en Hollande où il s'était refugié,
s'achemina jusqu'à Lille en Flandre où elle fut arrêtée, munie de la correspon-
dance impudique de ce *saint* homme. Ce De Lamotte prêcha en 1721 à la cathe-
drale de Rouen contre le Régent.

46 La Vallette, jésuite qui faisait le commerce aux colonnies, et qui compromit plusieurs maisons de banque par la banqueroute frauduleuse de la sainte Société.

47 Couvrigny, lumière de l'Ordre, prédicateur et confesseur, fut chassé de la ville
d'Alençon pour avoir débauché plusieurs de ses pénitentes. Il fut sauvé par le
grand crédit des Jésuites, et obtint le Bénéfice d'aumônier de la Bastille, où il
cumulait l'emploi d'espion du lieutenant-général de police.

48 Silveria, fut pendu, comme espion de son Ordre en Afrique

Guignard, principal de l'ordre, fut pendu et brûlé en place de Grève, le 7 janvier
1596, comme atteint et convaincu d'avoir excité par écrits Jean Châtel au meûtre
de Henri IV

49 Le père Roche, Jésuite, surnommé l'Adamite, enseignait en 1697, aux religieuse
de la ville de Reims qui étaient sous sa direction, à se montrer à lui toute
nues, en leur disant que moins on avait de honte d'être nu, plus on approchait
d'Adam avant son péché. L'archevêque voulait punir sévèrement ce nouveau
Gymnosophiste, mais le confesseur du roi le fit reléguer dans une sainte maison
de l'Ordre.

50 Guignard, jésuite, rompu vif en place de Grève; complice de Jean Châtel.

51—52 Campian et Brian, jésuites, exécutés à Londres pour tentative d'assassinat
sur Elisabeth, reine d'Angleterre.

Apprenez donc pères et mères, apprenez de l'orateur Ciceron lui-même :
» Qu'il ne vous est pas permis de confier l'éducation de vos enfans à de tels maîtres,
» parce que les embûches se tendent toutes à notre esprit, soit par le ministère de
» ceux qui, nous obsédant dès l'enfance, nous font prendre, à cet âge maniable,
» tous les plis et les impressions qu'ils veulent; soit par les amorces de cette vo-
» lupté qui, se cantonnant dans nos sens, imite le bien, tandisqu'elle enfante tous
» les maux imaginables, d'où il arrive qu'accoutumés à ses caresses trompeuses,
» nous devenons presque insensibles aux vrais biens, parce qu'ils ne nous offrent
» rien de si doux, ni de si chatouillant Ciceron, de Legibus, lib. I.

Ne voulant point dépasser le cercle que nous nous sommes tracé, nous n'étendrons
pas plus loin les Notes Historiques : mais nous les terminerons en disant à nos lecteurs
que cette Société fut bannie de Rome où elle avait pris naissance, que ses disciples
furent expulsés de Venise, de la Toscane, du royaume de Naples, de la Sardaigne,
des deux Siciles, de la Savoie, de l'Autriche, de la Bohême, de la Hongrie, de la
Pologne, de la Suède, de la Russie, de l'Angleterre, de l'Irlande, de l'Ecosse; des
Amériques, des Indes, du Japon, de la Chine, du Brésil, du Portugal, de l'Espagne,
de la Hollande, de la Belgique, et du royaume de France qu'ils ont mis trois fois à feu
et à sang et dont ils ont voulu faire passer la couronne à des rois étrangers.

Paris — Imprimerie de Lacour et Maistrasse, rue St.-Hyacinthe-St.-Michel, 33.